Surfaces

Journal perpétuel

Frontispice de Evelyne Léautrou-David
Préface de Alexis Masse
Postface de Jeanne Cordelier

ISBN 2-85446-352-8

www.editions-caracteres.fr

Mathieu Brosseau

Surfaces

Journal perpétuel

Éditions Caractères
7, rue de l'Arbalète
Paris V^e

Il existe un présent spirituel qui identifie le passé et l'avenir en les dissolvant, et ce mélange est l'élément essentiel du poète, son atmosphère propre.

Novalis

SURVIVRE

« L'Aquatone »

Tout a commencé avec un cri. Vif, fougueux, désespéré. Cri d'un adolescent à la recherche du monde. Prisonnier dans son corps et sa raison raisonnable. Poursuivant l'insaisissable. Mais certain de pouvoir capturer un instant de vie, d'en extraire un élixir indubitable, de réconcilier, avec la voix, le corps et le monde dans un parfum d'infini. L'Aquatone, *premier recueil de poèmes de Mathieu Brosseau, repose sur cette immense confiance dans la poésie. Poésie de la chair et de l'esprit, poésie de la réconciliation de l'homme, du langage et du monde, il recèle une promesse, un fol espoir. Renaître. Un. En phase avec les éléments et le genre humain. Délivré. Une voix jaillit, tonne, se découvre, relie les mots et le monde en une tempête de sens. La langue est douée de vie. Indomesticable. Dangereuse. Le bateau porte l'ivresse. Il fend les vagues et annonce la chaleur du port, là-bas au pied des falaises. Chaque poème est une ancre et semble pouvoir arrimer l'embarcation chahutée. Les récifs qui jalonnent le chemin du retour menacent sans cesse mais annoncent la terre ferme.*

Inégal. Bouillonnant. L'Aquatone *est la retranscription quasi-intégrale de cette épopée. Avec ses éclairs indéniables de talent, mais aussi ses hésitations formelles. Mathieu Brosseau a choisi : rien ne sera coupé, aucun texte ne sera touché, les faiblesses de cette odyssée inaugurale demeurent. Chaque retouche en aurait émasculé le sens, estropié la cohérence. L'oeuvre est une, non seulement comme moment biographique mais comme entreprise poétique, comme cri de révolte et d'espoir, comme invention de sa voix prop-*

re. Cri primal. Cri premier. Elle ouvre la voie à tout le reste, elle est la genèse. Avec ses fulgurances et ses râles, sa souffrance et sa jubilation. Voilà le magma en fusion d'où tout provient, le jaillissement qui rend tout nécessaire, le mythe volcanique des origines.

Un goût de cendres

Après l'éruption ? La nuit. Un goût de cendres dans la bouche. La désolation. L'Aquatone *comme un souvenir lointain, perdu.* Surfaces *s'ouvre sur un avant. Moment entre les ombres avec un pâle croissant de lune voilé par les nuages,* l'Aquatone *et ses incertaines clartés. Moment de perte et d'oubli. La résurrection n'a pas eu lieu. Seule la vacuité demeure.*

... Tout ce qui te raccroche au monde te fantomatise...
... Le noir du réel coïncide avec le noir du carrefour des mondes...

La poésie ne sauve pas des ténèbres. Pas définitivement. Avant le port, le bateau a sombré. L'alcool n'a rien d'une dive bouteille. Il noie et déchire sans espoir. L'enfant est mort-né un certain hiver.

Et puis, vient le printemps, ce fragile réveil du 21 mars où la renaissance du monde devient possible. Une année de gagnée sur la folie et le désespoir. Une boucle du 21 mars au 21 mars à l'odeur de rosée qui prend le dessus sur l'abîme. Cette délicate surface du temps qui réverbère le lointain reflet des astres. Il n'y aura plus de trompette et plus d'éclat. Juste la fragile joie d'être là, debout, apparemment sain et sauf dans le soleil retrouvé. Quittés les limbes, pour un matin nimbé de lumière et une sérieuse gueule de bois. Il faut écrire. C'est déjà ça de gagné sur la vie.

Car la vie a changé. La poésie de Mathieu Brosseau est biographique et raconte une histoire de l'homme à la Max Stirner. Les Titans du monde chaotique et enchanté comme les idées sont morts. Il ne reste que l'Unique, qui doit tracer avec la patience d'un releveur du cadastre la carte de son labeur et de ses souffrances, ses seules propriétés. Les poèmes de l'Aquatone, *avec leur parfum d'adolescence, leur confiance désespérée dans le ciel des Idées, sont marqués du sceau du passé. Leur réminiscence n'est qu'accidentelle et transitoire. Si la souffrance est là, elle ne magnifie rien. La folie ne débouche que sur l'impasse et l'angoisse. Et il faut vivre, écrire avec elles. Non pour les vaincre mais pour les apprivoiser. Avec la peur d'avoir parlé pour ne rien dire. Avec la peur de ne jamais réussir à se trouver, à force de découvrir tant de sois. « Tout cela parce que le divin est entré dans chaque corps. Tout cela parce qu'il n'y a plus personne qui puisse me confondre. Ou me signifier dans cette réalité déplacée. Et c'est pourquoi chaque matin je me dessine un nouveau visage. »*

Désir de sens et d'abandon

Monde deleuzien. Les mots sont des sphères qui sont jetées ça et là. A leur exacte intersection, un plan d'immanence, une surface. La pensée y prend l'allure d'une figure de femme, d'une forme qu'il faut ensemencer, pénétrer jusqu'à s'y perdre. La poésie est désir. Désir d'abandon et déchirement. Car l'altérité n'est pas fille de joie. Tantôt présente comme un chant de réalité et d'allégresse, toujours déjà marquée du sceau d'une déréalisation qui fantomatise. Schizophrénie. Corps sans organe. La chaleur de l'abandon tombe en poussière et laisse le corps naufragé. « Je suis la Mort devant la Femme. Le Vide autour. »

Comment survivre quand on est un astre déchu qui vit comme à côté du monde ? Et qui ne croit plus tout à fait à l'espoir. « Seule la participation sauve, à l'intérieur d'une solitude. » Parler. Agir. Dire le Territoire de l'Un. Il ne reste que la voix dont l'écho risque de se perdre pour exister dans un monde dépeuplé. Jouer le jeu de la dernière chance. Le simulacre. Ecrire pour se trouver. Et exister par delà le sentiment de perte de la réalité. Que peut dire le langage ? « Il y a des mots cultes qui m'appartiennent en dehors des images cultes d'autrefois » . Les mots ne sont pas une bouée. Ils sont les pierres qui jalonnent le temps. Qui disent un peu du je pour le faire advenir. Avant de disparaître à nouveau dans une boucle complète où, l'oeuvre finie, le poète retourne à ses doutes, à ses choix, à ces sombres limbes d'où a jailli la frêle création. Le recueil s'achève comme il avait commencé par un après qui est aussi l'avant. Entre les deux dates, dans la boucle de l'éternel retour, une tentative d'exister et d'exorciser un temps le désespoir de ne pas être tout à fait soi.

Que signifie ce retrait du soi qui borde Surfaces *d'un ourlet noir ? C'est le lieu du partage et de l'absence. Ce lieu que Michel Foucault met au jour dans l'ultime page de son* Histoire de la folie. *Cette antre sombre où le poète, autophage, brise ses os à la recherche de la moelle créatrice. Dans la caverne, la frontière est poreuse qui sépare l'œuvre de la folie. « Si tu souhaites partir, invente de nouveaux langages. (...) Et si tu souhaites ne jamais revenir... Alors brise l'antérieur de la langue. » Partir. Fuir la terre ensevelie sous une nappe de fausses paroles et naviguer sur les mots. Il faut affronter la mer carnassière pour, certains soirs, retrouver la course des astres, observer leur orbe céleste et découvrir dans l'écume albâtre le vent du large, la pensée à perte d'horizon. La poésie est fille de l'esprit. Elle donne à penser. Sourdement. Sa secrète offrande, dans les marges et les décalages qu'ouvre la langue, c'est ce que toute philosophie peine à dire : le temps, le langage et le monde. Elle met en musique le douloureux mouvement de l'être au langage, l'empreinte écartelée du soi dans le monde et le temps. Quelques sons s'entrechoquent, « mélodie qu'on tâche d'harmoniser avant de s'extraire du labyrinthe, » et dessinent une pensée. Roulement de tambour, grincement, cascade irisée de sons transparents, chaque texte de Mathieu Brosseau restitue cette aventure intérieure sans issue et parfois sans retour. Apparaît alors, dans l'éclair d'un moment de stabilité, un poème, une trace à la surface.*

Alexis Masse

AVANT
20 mars
Tout survivre
rut détruire
t laisser se déconstruire
sans rien en dire
il y a
il y a des miracles
Etre Ici
20 mars
APRES

Surfaces.

…Tout ce qui te raccroche au monde te fantomatise…
…Le noir du réel coïncide avec le noir du carrefour des mondes…

21 mars
Printemps

Je me suis réveillé en plein solaire
avec un étrange goût dans la bouche
une chaleur du cœur
des mains émanescentes.
Sorti de l'arbre,
Je sens l'immunité.
Je suis à terre, embrasse la terre.
Je suis debout, embrasse l'air.
Je ris ici avec un étrange goût dans la bouche.

22 mars

A trop vouloir se rapprocher de la matière,
le langage se fane.

Son de baleines pleurantes audibles sur plusieurs espaces.

Dans la noyade l'aspiration fatale appelle les formes avoisinantes.
Et lorsque l'on croit vivre sa mort, endeuillé,
les couleurs ne nous importent plus.
Et l'on croit, par multitude, avoir touché le crâne de la mort.

Apparaissent alors des nausées empreintes d'un sentiment
d'immatérielles réalités.

Le langage est coulé
allant rejoindre les silences abyssaux.

23 mars

Synesthésie, ma vie.

Le verbe tactile me place hors du monde
Quand la langue inventée entraîne mon aphasie.

Au centre du temps,
Le nœud des matières.

26 mars

Dans la formation de la sphère, l'être fut nommé Humanité…

27 mars

Ce que je sais.

Dieux. Tous noyés dans la mer de mes larmes.
Bien qu'humides, les livres sont conservés.
Le sel protège l'encre.

D'un soleil à un autre, le temps ne me menace pas.
Je sais fixer l'image, fondue au vide.

Avant la mort, nous comprenons la technique, par peur.

J'injonctais, maintenant je fixe.
L'acteur ? C'est vous pendant que je régule Drama.

Je me souviens. Je me souviens.
        De certaines pentes dunales, survolées par amitié de culte.
Je me souviens
De certains jours de gloire,
        De cette maladie qui frappait la chambre et
        De ces alcools qui tentaient la gorge et mes larmes.
Je me souviens. Je me souviens.
        De ces remontées juvéniles, l'esprit barré d'une croix,
        Toujours recommençant par le haut du crâne,
        En proie au culte.
Je me souviens
        De ces lits qui attendaient tout le monde.
        Les larmes déjà transperçaient cela, de beaucoup plus haut.
Je me souviens. Je me souviens
        De ces amis buvant le fer.
        Certains peignant, me faisaient pleurer.
Je me souviens
        De ces croisades au bord du néant.

Je me souviens
        Des règles du jeu.
            Elles ressemblent à un livre infinissable.

7 avril

Je m'étiole
Je m'effeuille
Je m'effrite
Je m'éparpille
Je m'effondre
Je m'offre
Et tu te tournes

15 avril

Vestige humain : ces vagues remplissent les yeux et
le sel apporté fond dans ces souffrances.

Ce sable : moule du genre humain.
Le vice est de ne pas y croire.

Ce va et vient de l'eau sur le visage qui ne transpire pas,
Ne respire pas.
Ce va et vient peut provoquer l'étincelle du silex
Et la lumière génère alors l'Exil.

22 avril

Espoir désespéré.
L'Aquatone est une attente amère
Perdue et punie
L'attente d'une réponse
Envoyée aux Marines et aux captieuses foires.

24 avril

Chacun sa métamorphe !
A l'intérieur, à l'intérieur,
Statue de sel.
Blanche. Blanc calcaire.
S'effrite au sel de mer.
La mienne se divulgue en larme actionnant l'intérieur
De la réponse.

25 avril

Les nerfs se dénouent
Une fois morts
Petite mort
Se noue alors le corps de la morte
Visage délié
Corps qui mue sur tous les temps.
Corps qu'il vaut mieux voir immobile de peur de s'accrocher
A une des failles du rythme nerveux.

26 avril

Etre et nier ;
Penser l'autre et s'exclure…

Certes,
Mais là où les mondes se lient,
Tu te trouves.

27 avril

Il faut reprendre le coche
Cheval transfère. Pas d'oublis.
Tueur cervical. Cannibale ton âme.
Et puis ces gouttes salées de larmes qui t'incombent.
Toi derrière ce miroir
Et devant la fenêtre ton action reste la même.
Il ne faut pas changer les hommes.
Fenêtre qui rit, voyance
D'outre-tombe. Les morts baisent toujours.

28 avril

Il y a la cuirasse et l'angelot
Il y a les bruits et les sphères
Il y a les sons et les tueries
Il y a la forêt et l'étonnement
Il y a la figure et celle qui est morte
Il y a le serpent et celui qui l'ignore
Il y a l'étreinte et la matière
Il y a la peur et son antidote
Il y a l'ivresse et pour rien
Il y a l'éternité et ce qu'elle entend
Il y a la terre et l'aliment
Il y a la parole et ce qu'on en fait
Il y a des larmes et l'étincelle de leur forme
Il y a Dieu dans un trou noir perdu d'avance.
Il y a ce même tabac dont la souffrance prend de l'âge
Et il y a moi liquide devant le feu.

6 mai

Je vois maintenant ceux qui me précédaient
En image charge émotionnelle
L'affection est un lien
Toile d'araignée. Elle t'enserre.
Et te condamne à souffrir
À être
D'amour la corde au cou.

9 mai

Au royaume de la croyance, Justice régnait.

13 mai

Jouer du temps
Vouloir n'être qu'un fantôme
Etre absence au monde
Etre le temps
S'endeuiller continuellement
Etre une tonalité matérielle
Un aquatone fermé protégé
Hors du temps justifiant l'espace

14 mai

...avant que l'ange Gabrielle n'apparaisse...

L'amour est un nerf délié
Et j'ai dans l'espace
Une grande quantité de relations
Trans-utérines avec la vie.

15 mai

Beaucoup se perdent
Parce qu'ils ont oublié leur corps
L'assainissement
Parce qu'ils ont oublié l'action
Acculé au piège du défini
Ou parce qu'ils ont oublié de partir
Mourant de corps et l'œil de chien

Beaucoup se perdent
La carte en main,
La planisphère dans leur chambre car
la
sphère
aveugle.

16 mai

Au grand cœur aux lèvres tendres
Peut-être que votre fille
Se trouve dans le lit de mes yeux
Des fesses puritaines élevées
Comme il se doit en toute pudeur

Mes yeux sont debout
Au rythme du cœur juvénile
Oh ! Si vous saviez, madame,
Combien votre fille rêve de lécher
Mes yeux de vampire

Elle sera bientôt couchée
Dans mes mains trop grandes pour elle

Elle ira bientôt rejoindre les cadavres enfantins
Et les chairs fraîches aux âmes brûlées.

17 mai

Retour printanier, sève brûlante : Reconnaissance.

Réservons l'image à l'observation.

Le divertissement doit rester exclu car il ronge les yeux.

J'entre dans le corps du mort
La peau en périphérie
Le sang est chaud vivant
Les paumes s'ouvrent de chaleur
L'habitant intérieur souffle son feu
J'ouvre les yeux une larme entre nous
La distance nous disperse
Et me définit au sein du corps.

Retour printanier, sève brûlante : Reconnaissance relative.

18 mai

Il est vrai que
J'avais oublié mon corps avant de partir.
Mes comptes et mes griffons aussi.

Fatalement retrouvé
Auprès des prieurs inconnus
Je me balade aujourd'hui
Avec mes griffes et mes dents blanches comme des scies.

19 mai

Si un jour tu suis mon chemin,
sache qu'il est rouge, gris et sobre.
Chose visuelle parce qu'elle n'écoute plus.

20 mai

Arts d'aujourd'hui.
Seconde antiquité.
Solitude d'une époque.

Il n'y a pas assez de place pour le réel
mais suffisamment pour qu'il possède l'œil.

A compresser,
A compresser…

22 mai

Une histoire de goût
est une histoire de paresse.

24 mai

Un œil d'insecte
vous regarde à travers
cette date.

25 mai

Je vous l'assure
Tout cela pourrait devenir
En toute folie.

26 mai

Je deviens complètement
idiot
et mes yeux pleurent parfois.

27 mai

Mélodie qu'on tâche d'harmoniser
avant de s'extraire du labyrinthe
pensons aux oreilles.

28 mai

Il y a tant de miracles
dans la tête des gens hargneux.

29 mai

Je suis une démocratie à moi tout seul !

Hier défini par ces dieux qui m'étaient extérieurs,
Ceux-là mêmes qui me racontaient dans un livre...
Ah ! Ce fameux confort d'être.

Mais aujourd'hui esseulé et sans personne,
Des milliers de citoyens traînent dans mes veines
Et cherchent à se situer
Dans cette anti-géographie, dans l'espace de l'Esprit intérieur,
La fleur du vide.

Tout cela parce que le divin est entré en chaque corps
Tout cela parce qu'il n'y a plus personne qui puisse
Me confondre
Ni me signifier dans cette réalité déplacée.

Et c'est pourquoi chaque matin je me dessine un nouveau visage
Devant ce miroir des fausses libertés
Devant ce miroir démocratique qui permet à chacun d'être
N'importe quoi
À tout moment.

31 mai

Je sais me balader en moi
comme on peut se balader
dans des galeries de glotte-stalagmites.

10 juin

L'anti-corps
c'est celui qui vous empêche de bien déplier
les jambes
c'est celui qui morcelle votre corps
en morceaux vulnérables
et qui vous amène à vous masturber.

13 juin

Quand le cristallin se débouche
Manque de courtoisie
Vous, vous l'honorez.
Vice de procédure.
J'aimerais voir ici des cœurs.
Des inspirations je veux dire.
Cette inspiration qui préfigure des retrouvailles
Un enfant d'oubli.
Voyez :

Je ris toujours de tout.
L'architecture des choses est friable.
Or c'est dans le creux que naît le rire.
Un peu d'absence dans mon verre, s'il vous plait !

Tant de larmes me sont insupportables.
Et puis l'effroi.
Fascination diurne pour l'absent.
Il y a une ambivalence ici.
Une souffrance insérée dans une aveugle souffrance.

Comprendrez-vous la Stance ?

L'harmonik déplumé
au sens dégorgé
l'œuf est là et tu t'assieds
sur des us
pour écouter.

14 juin

Et je retrouve…
Me voyant rire devant une pierre ouverte.
On ne sait pourquoi.
Je l'ai su mais je ne veux plus ni comprendre ni amasser.

Belle nature ! Chose immense.

21 juin

Je dois retrouver l'ensemble des sculptures animales
Ainsi que les célestes architectures du vivant.
Ces géométries étonnantes,
Ces richesses extérieures au monde peuplé.

Prénatal avant que naquit l'homme
Vivaient de pierres et de matières éclatées
Les rêves formulés d'avant la sphère
Vivaient de lettres et de partages
Ces animaux aux formes intimement liées à la connaissance.

Vraiment, je dois retrouver l'ensemble des sculptures animales
Représentant ce passé omniscient
Grâce à l'actuelle architecture du vivant.

25 juin

Et dire que je travaille avec des fantômes.
Ils ne se sont jamais présentés.
C'est bien mieux ainsi.
Ils n'apportent rien. Ils sont là.
Ils m'inspectent.
Ils veulent apprendre
Mais ne connaissent pas la colère du temple.

27 juin

C'est un trou dans le plafond de la sphère,
D'où son imperfection, Notre imperfection.
J'ai localisé le mien il y a déjà quelque temps.
Il est exactement au centre de la poitrine - plexus solaire.
Voyez plutôt maintenant une vulve en matière entre mes seins.
Si j'y pénètre, j'y meurs
Et
Au réveil je m'aperçois qu'un nouvel habitant déambule
Dans ma tête.

28 juin

Oh… espoir désarticulé…

30 juin

Pour que le solaire s'avale trempé
Pour que le verbe vibre dans ses rayons

Prenez une femme baignée
Prenez celle qui sort de ce lait-tampon
Et imprégnez-en vos sens...

Réouverture de l'enfance.

21 juillet

Ne laisse pas agir l'autre
car : agressions
à moins que dans ta sublime passivité
tu te retires de tout jugement,
le corps de l'autre devenant forme brute.

Regard qui redonne
aux hommes leur visage autonome.

31 juillet

Là où il n'y a plus d'envie, siège la dépendance.

Ayez la clairvoyance de conserver ce désir
Constant d'humeur d'ambre à la recherche
Du devenir délié
Les mains libres absorbées toutes entières
Par les segments lumineux de l'autre rive
Libérés détachés mais sans envie, eux.

17 août

J'ai reçu la piqûre mortelle.
L'ongle retourné
Sous cette nuit étoilée t'a touché,
A jamais marqué.
Cette flamme qui s'éteint dans un mouvement.

La rédemption.

26 août

« Tout survivre
Tout détruire »
Tout laisser se déconstruire
        sans rien en dire…

19 septembre

Trouver
Le point délétère qui absout,
Le plan indolore
La femme caduque.

Vous y verrez
Le Temps dans la Vie,
Votre vie dans l'oubli
Et la marche qu'il reste à faire.

30 septembre

Objets en liaison
Relation de fils et d'aiguilles
Inconséquence de la dialectique du devenir
Il n'y a rien après
    Qu'un vide humain
Maudit reflet !

15 octobre

Je suis
Une idée, alertée par le hasard.
Une idée,
avortée en plein désert.
Une histoire sans fin.

Il faut chercher la pierre triangulaire.

18 octobre

Il n'y a pas meilleur sentiment que celui de vulnérabilité. Après l'angoisse, il amène à une certaine forme de paix.

Et pourtant…

Tambour derrière
Pour que le son panique,
Grave, sourd et rocaille,
Maintienne tous les vices
Apportés par les mers perméables
Loin de ces joyaux de l'âme,
Réservés encore parfaits.

2 novembre

Certes,
Lettres syphilitiques,
Sexualité verbeuse,
Avancées parallèles.

Mais toi et contre cela,
Narcissique en tes actions,
Tu conserves le pouvoir fusionnel de la rencontre
Et de l'amour du vide.

3 novembre

Le vide est une fusion d'air et de sang.

7 novembre

L'amnésie entraîne la fiction.

Je ne feins pas l'image
Mais suis plein d'oublis moi

Hic
Tiques
Tics

Et regarde le temps...

Se retourner.

8 novembre

Il n'y a plus d'action créatrice.
Il n'y a plus que le souterrainement vôtre.

        Mais si tu t'aperçois que la trace est fixée
Plan multipliable à n'y voir que surfaces
Invention d'autres palissades
Fixité image mobile
Conscience sombrant marchant sur les eaux
        Tu verras renaître les ouvertures
Et d'arche en arche tu danseras.

9 novembre

De toi au monde
Il n'y a que toi qui bloques. Tu le sais.

11 novembre

Retrouvez-moi cet homme
Fou, migrateur et destructeur
Meurtrier muni d'armes informationnelles

Retrouvez-moi celui qui
Nous a séparés du réel
Facette du présent

Retrouvez-le
Afin qu'Intérieur et Extérieur
Ne forment plus qu'un seul espace sur tous les degrés du temps.

13 novembre

Est choix celui qui n'est pas.
Est juge celui qui ne vit pas.
N'est pas acteur celui qui n'essaie pas.

Au bon son, la bonne oreille.

15 novembre

Vous ne connaissez pas
La solitude d'un homme
Qui écrit dans le noir.

19 novembre

La trace
Conservation
De la partie au tout.
Folie ou Nécessité ?
De l'illusion au savoir.

Eh ! Vous avez vu ce dégradé ?
Né de ma plus infantile angoisse :
    Le défini n'est pas l'opposé de l'infini.

20 novembre

Et le monde s'abstrait !
Fuyant la dualité des mondes,
S'évaporant lucide.

De tout cela, il ne restera que traces et surfaces.

26 novembre

Répétition.
Ils ne comprennent rien.
Tous différents, ils ne sont pas Ils.
En dessous du troupeau de bêtes.
L'intelligence humaine est une tare naturelle.
        Trop fin, chaque cheveu est bactériel.

28 novembre

Otez toute distance…
La frontière devient totem vivant.
…Pensez le réel.

10 décembre

Pourquoi tout redéfinir, jeune homme ?
Pour mieux vous détruire, mademoiselle.

12 décembre

Un oeil accroché
Sur chacune d'elles,
J'ai vu et revu
L'intérieur des territoires aquatiques
Et j'ai travaillé les terres qui me lient à l'esprit de l'eau.

Un oeil accroché
Sur chacune de ces surfaces,
Je t'ai retrouvé,
Toi, enfant de l'écho,
Toi l'auteur.

15 décembre

Elle est un œuf dans la bouche
de tous ceux
qui vont dire quelque chose de Remplacé ou de Remplaçant.

17 décembre

Désintégration après le seuil
Mille images blondes et bleues s'explosent gardant leur unité.

Devant le seuil	Une habitation s'est construite
Gardien maudit	Le phare au crépuscule.

18 décembre

En surface…
pour que tout recommence dans un autre cycle
infiniment jusqu'à mon autre mort.

19 décembre

Les parois
de la sphère reconstituée
sont repeintes
de mes larmes.

Conscient de l'existence de cette sphère
étrangère à mon corps,
sphère retrouvée morceau par morceau
entre le seuil de ma douleur
et les cris de la Sainte.

Sphère que je ne peux habiter
à cause de la dualité des mondes.

Conscient de l'existence de sa réalité,
la description de la surface est amère,
anatomique et
froide comme l'eau des continents polaires.

21 décembre

Un son est un os.
L'architecture
de la surface est composée
par la rythmique temporelle.

24 décembre

Il y a des mots cultes
qui m'appartiennent
en dehors des images cultes
d'autrefois.
Puissance inespérée du vide.
Monde seul parfait.
Chronique autour du son.
Le vide autour.
Echos ténèbres.
L'arbre mort sur la colline
La lune
Terreur de l'enfant
Son
Culture du rien.
Y a-t-il du chlorure de vide à la périphérie de ta crinière ?
Le Christ-Lion portant sa couronne d'épines et
de chaste...ange.

26 décembre

Y a-t-il un arbre dans ton dos
Mort ou chloroforme ?
D'où poussent les étoiles
Vasque marine étincelante
A la place des ailes
Parade du vitriole
Magasin du désespoir.

Y a-t-il un serpent de mer
Qui te sépare et te place
A coté
Du monde ?
Sans envie, la recherche t'aveugle.
Le serpent fou qu'était le bâton ailé
Est devenu branche morte
Sous le platane.

L'arbre dans ton dos
Est ce frêne mélancolique.
Élevé par les Egyptiens,
Rendu aux Celtes.

Les végétaux sous le temps t'enlacent et t'appellent.

27 décembre

Bien sûr qu'il n'y a plus
de veilleuses
ni de baigneuses.
Même plus de femmes-briquets sur les voyelles.
    Il y a le I sur la fêlure.
    Il y a le A sur la douleur.
    Il y a le Z sur ce qui s'en dégage.
    Il y a le O sur l'amour du vide.

Et mon nom est IAZO.

28 décembre

La hauteur de la voix
placement invertébré
jusqu'aux yeux
le cerveau touché
la peine est incurable
jaunissement des plaies
traînée sur le temps
l'agonie est lente
si l'on ne conserve pas
la hauteur de sa voix.

29 décembre

L'aphasie y est pour quelque chose
En ce qui concerne les contrats de mariage.
Métonymie plastique
Métaphore survoltée
    Aporie critique
    Aphonie certaine

La bouche d'ambre sous le silex
    Carrière du feu potentiel.

30 décembre

Même muet il faut savoir se taire
Epluchure du masque
Chrysanthèmes dans le bol
Vitres ! Combien de couches de verre ?
Vite ! La toupie, tu connais ? Jeu d'enfant
Les couleurs mélangées, la forme directrice reste
En bas tout se concentre puis se dissimule
Dans les bords et les absences
Fantômes blancs du cube
Cercueil vertical et damier où la vie se joue
Disparaître par les issues en bois net
Diffusion du cervical dans les parois du corps
Les limites sont des questions
En réponse aux marques sur le tableau
Décor mouvant de tes rêves
Témoignage en larmes de ciel
Caprice venant du désert
Là où la voix t'avait promis
Le paradis est aussi sombre que la mort
        Le rejet du double eut lieu à ce moment-là
            Toi te dissimulant
            Toi derrière ton double masque.

31 décembre

Binarité universelle du « oui - non »
Deux notes pour un tapage nocturne
Deux cent notes dans le cri du chat
Deux mille notes sur une vague déferlante
        Pas de note dans le noir
        Mais deux canines « oui - non »

A vous d'inventer le rythme ternaire
        Relief sur la façade
        Tes oreilles pourront dire autre chose.

1er janvier

Si je détruis, c'est pour méconnaître.
Si je détruis, c'est pour reconnaître.
Si je détruis, c'est pour te connaître.

3 janvier

Les neiges s'accumuleront
et te déneigeront
toi corps et âme
toi si froid
toi aphone malgré toi.
Après tout.
Et le vent si lourd
sable ensablé
château de sable
t'enneigera toi dans ton sable.
Ensoleillé bien sûr
soleil émergé
enneigé dans ton coccyx.

Et le vent
la main à l'intérieur de ton sexe
qui stabilise tes reins
créera l'intérieur de l'ombre
    venu de ton cœur lourd
    venu de tes dents étoilées
    et de la Complexité.

La main peut parader aussi
concave contient l'étendue de tes amours
en demi-cercle
et tout autour le noir gonflant de puissance

Et si les deux mains se rencontrent
complémentaires convexes, c'est la rupture cervicale
les noirs rassemblés
    tu sentiras derrière tes oreilles
    un bourdonnement
        Le cri des puanteurs.

4 janvier

Oui, je vous l'assure.
Ils ont construit
à travers les époques
        un complexe, la peau du monde
        ce savoir
hypnotiseur par l'unité
de l'âme humaine.

Une surconscience observant
        immobilisant
            observant
        immobilisant
aspirant la conscience créant la lentille.

Bientôt et progressivement
        le complexe aspiré
        vous verrez la perte d'une des âmes humaines.

5 janvier

Je suis la Mort
devant la Femme.
Le Vide autour.

6 janvier

Connais-tu le lac noir ?
Puits des Destins.

Si tu plonges tu deviens ce qui t'a défini
souviens-toi.

Si tu ne plonges pas ton âme se morcelle
tu ne te souviens pas.

Si tu te libères plongeant
tu vois le grand lac noir
        bouillonnant de mille entités contraires
            s'assumant s'éteignant
            équilibre dans la dualité.

Le grand lac noir diffuse l'être et ce qu'il n'est pas.

13 janvier

Œuf
Structuré en lames
Infini
C'est l'œil
Cyclopique
Tu reviens
Troisième œil
Je m'absente.

14 janvier

Devant cet océan
de serpents
où toute étape est
comptée selon ma nature,
je préfère irréaliser,
relancer les amours vers les origines.
Irréalité des bras et des mains et des autres.

15 janvier

L'unité n'existe pas.
N'écoute pas tes pairs.
Regard diffusé sur le monde.
La diversité n'existe pas.
Flou s'étalant sur le monde.

16 janvier

Et si l'assassin était dans ta tête

Esprit vilain renforçant sa joie par sa bouche et vice versa combinant sa terre avec de l'eau de vie serrant l'esprit-carcan celui de l'aube d'été

Conservant l'honneur pour le témoignage

Densité sur ton front la pierre brûlée dégage tes sourcils et ton empoignade rejoint tes esprits caducs

L'Hectangle, facteur musical de la nature

Gracieuse foi ceux qui n'étaient pas encore là relèvent du trébuchement on n'a pas aimé ma langue à cause des convulsions marines

Ma gorge expliquée par ma langue

Il y a derrière vous une grande quantité d'insectes signe du démon et son épouse Hémoglobine et qu'en dira-t-on ? Factuel si je te trouve...
Coupez-moi la langue si ma tête a des trous dedans et que faire si mes amis sont partis si ma langue m'étouffe

Et morts s'ensuivent

Et noirs s'ensuivent...

17 janvier

La force.

Actionne la réponse dans l'acte
et vice versa

La pensée se fond dans les mains
et vice versa

Brûle le désespoir contre la question
et vice versa

Sois destin et contre-destin !

21 janvier

Le vide intégral n'avance pas, la mort autour.

Alors, participe à l'Epopée,
née de tes cendres,
où Je deviens Il.

25 janvier

Pour moi seul, la structure de l'harmonie
découle de l'angoisse
née du principe séparateur.

Et pour l'autre, la part imposée,
elle s'articule
autour des objets et des mesures.

Je me vis, je te vis,
l'un et l'autre je suis
et tout est plan au centre du cercle.

La douceur après l'agonie.
Je me contenterai de toi, de moi,
dans le noir profond de notre séparation mesurée.

26 janvier

Etre Ici
au dedans de Ça.

5 février

Droite Gauche
Clivage obscur
Dû aux attentats sexuels et au magma baveux des mafias
Têtes en déroute, directions prépointées
Qu'il faudra que vous coupiez
Un jour ou l'autre.

Les guillotines pour main sévissent toujours.
Déplacement d'arrière-plan,
Je contemple
Essayant pour votre mémoire
Liquide, tu t'en souviens,
Que votre sang ne coagule pas trop vite…

10 février

Paroles vivantes de l'ange noir
Qui s'endort en t'endormant :

Il y a comme une balle dans l'AIR
Carbone dans l'escalier
Voilà ce qui t'attire là-haut.

Mais sur la TERRE
Il y a ce strapontin
Seul dans ce champ.

Près d'ici on voit la haute MER
Gracieuse et désintéressée
On la voit imprégnée d'elle-même
Libre de ne pas l'être.

Et puis il y a ce FER
Outil du feu
Par lequel je trouve ton visage dans ce miroir brûlant.

21 février

Je me retire du jeu quand
Déjà elle se rhabille
Bouton par bouton elle disparaît…

Même stérile je voulais qu'elle avorte
Et pourtant il criait parfois dans la cave,
Ce sale môme.

25 février

C'est le nez qui,
Plongé dans la bouche,
Démontre la tristesse.

Regarde cette femme qui,
Le crâne en lune,
Pleure les larmes acides de sa monstruosité corporelle.

Vois enfin cette tête qui,
Front contre menton,
Se brise sous le poids des contradictions.

Ogive féminine : là où la Perd se Tête.

2 mars

La parole formée
Fixe la surface
Du défini
La forme de ce qui est lancé
« Surface de l'objet »
Les paroles sont des sphères
Et là où elles se recoupent…
Il y a
L'impossible où tout s'arrête
Où tout se dépasse
Noeud des existences
Naissance de la pensée structurée.

6 mars

Le monde

Prendre corps : se grouper
Temporaliser sa pensée
S'inventer
Etre dramatique

Après soi et cela

Ponctuer le battement du coeur
Chercher dans le tableau
Trouver son centre vivant
Se désincarner : faire corps

Les mondes

8 mars

Reformuler l'intérieur du symbole
Le casser pour enfin le retrouver,
Là.

Masques en jachère.
Visages saisonniers.

Si tu souhaites partir
Invente de nouveaux langages.
Toi valsant autour d'un même centre.

Et si tu souhaites ne jamais revenir…
Alors brise l'antérieur de la langue.

10 mars

Il y a la matière de la relation
Antiquement nommée Justice en fils d'Hectra
Puis l'information multitude qui aspire l'être par la faille.

Sphère de la communication.

Elle t'avale. Elle aimerait
Que tu deviennes matière dans l'information.
Elle prend forme. Elle sait
Que le vivant trouve sa limite dans l'harmonie.

Elle sait son temps. Elle est condamnée
A s'agrandir aspirant les anges
S'engraissant dans le temps
Excroissance du Tout.

Pour lui échapper,
Tu dois détourner la matière de la relation
Tu dois retrouver l'ange contemplateur
Et les jardins perdus.

17 mars

Mes yeux voient
Une grande part de l'Idéal
Porté par les dunes du vent.

18 mars

Sans limites ces ondes
S'appellent Connaissance.
Dans son temps,
Elle est sphère percée
Par les fils infinis du Regard.

19 mars

La clarté fait disparaître.

20 mars

Et le vide intériorisé, la matière est objectivée.

Le rêve s'introduit à nouveau dans l'être par la faille et
la dualité des mondes s'opère,
impliquant la décadence par la construction.

Seule la participation sauve, à l'intérieur d'une solitude.

Et le vide réapparaît, la mort et les nerfs déliés.

Avançant dans la double communication,
la poétique ouvre les portes de l'inscrit,
celles des couloirs transversaux qui coupent
l'action progressante
jusqu'à ce que mort s'ensuive,
jusqu'à ce que le vide s'extériorise comme une angoisse
à déterminer.

Et tout recommence
dans ces ruines de l'Eternité, où pour vivre il faut crever.
Et tout recommence
selon ce cycle anonyme imposé.
Et tout recommence...

...Tout ce qui te raccroche au monde te fantomatise...
...Le noir du réel coïncide avec le noir du carrefour des mondes...

Postface

« J'ai entendu dire que ses cheveux sont devenus blonds de chagrin, » écrit Oscar Wilde. C'est peut-être ce qui est arrivé à Mathieu Brosseau, ce jeune poète au regard clair dont les larmes incandescentes percent le fond des vieilles lessiveuses du verbe pour faire fleurir leur champignon.

Alchimiste, sorcier, les deux, il écartèle le mot pour en extraire le juste son, qu'il strie ensuite tout aussitôt d'un ongle retourné.

Et nous revoilà face aux runes. Sans boussole, il nous faut bien alors trouver notre chemin dans le désert lactescent du langage où la poésie prend sa source.

Jeanne Cordelier

Mathieu Brosseau

Né le 23 décembre 1977 à 4 heures 25 du matin à Lannion dans les Côtes d'Armor (22), Mathieu Brosseau passe ses premières années dans ces contrées empreintes de brumes et de mystères, entre terre et mer.

Dès l'âge de douze ans, il s'adonne à l'écriture ou plus exactement à la poésie. Il se fait violence et connaît une tumultueuse adolescence, entre assimilation et destruction.

De *l'Aquatone*, son premier recueil à *Surfaces, journal perpétuel* (Editions Caractères, 2004), une ligne se dessine, d'un souffle mystique à une parole existentielle, pour l'avènement d'un nouveau langage.

Du même auteur

L'Aquatone, La Bartavelle Editeur, 2001

Il a été tiré de cet ouvrage le sept cent trente et unième de la collection Caractères composé en Garamond cinquante cinq exemplaires numérotés et signés enrichis d'une gravure originale d'Evelyne Léautrou-David dont cinq exemplaires hors commerce.

Cet ouvrage a été achevé d'imprimer en janvier 2004 sur les presses de l'imprimerie Trefle.

Numéro d'imprimeur : 6343